落物集

· Falling object set ·

李祥祥——著

漓江出版社

图书在版编目（CIP）数据

落物集/李祥祥著. —桂林：漓江出版社，2018. 2（2022. 6重印）
ISBN 978-7-5407-8417-1

Ⅰ. ①落… Ⅱ. ①李… Ⅲ. ①诗集—中国—当代
Ⅳ. ①I227

中国版本图书馆CIP数据核字（2018）第036901号

落物集
LUO WU JI

出 版 人：刘迪才
作　　者：李祥祥
责任编辑：杨海涛
美术编辑：谭惠方
出版发行：漓江出版社
社　　址：广西桂林市南环路22号
邮　　编：541002
发行电话：0771—5825315　0773—2583322
传　　真：0771—5824817　0773—2583000
电子信箱：ljcbs@163. com
网　　址：http://www. lijiangbooks. com
印　　刷：河北浩润印刷有限公司
开　　本：889 mm×1230 mm　1/32
印　　张：6. 25
字　　数：80千
版　　次：2018年2月第1版
印　　次：2022年6月第2次印刷
书　　号：ISBN 978-7-5407-8417-1
定　　价：45. 00元

序

我们每一个人的生命都活在这个世界的白天和黑夜里。从此地到彼岸，生之而来死之而去，昼夜轮回。

在万千世界，我们的生命不过是一粒微尘，沧海之一粟。然纵是渺小之极但也清晰可见存在于这个芸芸众生的天地之间。

祥祥说:“我与世界的关系，纠缠着、痛苦着、愉悦着。”

其悲喜其苦痛其漂泊……由是而来，他的诗也就由着他的心性“落物而生”了。

一个诗写者他首要的是一个人，一个行走在人世间的人，诗人离开人的存在还谈什么诗歌呢?

我以为诗歌是人的生命性思想和情爱体验的存在。当我们的生命承载父母的因而来到身边的世界，从咿呀学语到说话写字，就有了或长或短的人生之业报的果了。

风花雪月烟云岁月，因之吟诗因之诗写，不觉中某一天我们机缘巧合就成了读诗的人和写诗的人了。

何谓诗?古今中外很多注释，但凡让我感动的让我感受诗人生命气味的有着诗人他自己声音的诗就是我喜欢的诗。而李祥祥的诗就让我看见了他生命跌宕和发乎内心感知的声音。

在《落物集》诗歌文本里，我看见一路走来的李祥祥高吟低唱。

《鱼缸和鱼》中的鱼在“鱼缸的温暖”里“失去了方向”，其实现实生活中我们也时常呈现这诗中的“鱼”的状态。

“你不在这里/你也不在那里”（见《陨石》）。这陨石亦如我们的生命又是从哪儿来往哪儿去呢?诗人在问。

“只有行走的人/才能听到注定的嘶吼吟唱/只有孤独的人/

才能看到宿命的轮回”（见《蒲公英》）。由山东出生而入云南广西求学工作，李祥祥如南飞雁吟唱他行走的生命，由个体感知而窥视人性的沧桑孤独着往来于今生今世。

诗写者在行走，他的诗也在行走。

“铁环的命 / 铁环的路 / 就是循环的圆 / 铁环又推滚回到村子 / 从来不曾离开自己的故乡 / 童年 / 一个游戏就是整个世界”（见《童年·滚铁环》）。

“上帝的孩子是泥巴上的花 / 我说 / 走吧 / 回家闻一闻泥巴味 / 我们注定是泥巴的孩子”（见《童年·泥巴》）。

“没有结局的缠绵 / 孤独，成为飞翔的姿态”（见《候鸟》）。

这个滚铁环的泥土的孩子想成为飞翔的候鸟循环往复，虽然孤独但他从来不曾离开自己的故乡。

“一颗星，远离歌者和音乐 / 却在天空，流出 / 大片大片的眼泪”（见《一颗发光的星星》）。这颗星星不就是漂泊在人生路上的诗写者吗？这颗星星纯真着感动你和我也曾渴望的眼睛。

“我行走在一座座城 / 日落夕阳 / 只能远望他的影子……”（见《房子》）这房子归去来兮，可是我们的归宿，诗写者在远望，我们也在寻找。诗人用他的笔书写“做着有意义的事做着无意义的事”。有意无意间我们或许会有一天找到内心的自己。

祥祥在他的诗里写道，一个人，用大而洪的声音说：“我在这儿”/ 似乎，从未离开过 / 一个人，用卑而微的声音说：“我离开了”（见《存在》）。

年轻的李祥祥“分不清走出家乡的路和出门的路 / 纠结时间带着我走 / 抑或我带着时间走（见《自己的样子》）”，他不知“不知谁在歌唱 / 不知为谁歌唱 / 不知歌声流向哪里 / 没有人知道游戏什么时候结束/在江湖中闯荡/一颗孤独的心，痛苦着”（见《江湖》），他看见“我看见一只穿鞋的狗/孤独地，穿梭在车来人往的路上”（见《我看见一只穿鞋的狗》），诗人活着活在他的真实里，活在他孤独前行的每一个日子里。

“有片云彩流浪/一直在别人流浪的路途来回漂泊/我牵着一片云彩/在他人幸福的慰藉中，流浪”（见《瞧，有片云彩流浪》），“船来了，又走了/该来的却还不曾来/一个瓶子，空的/念着咒语/游来，万千形影”（见《目光》），“踢不进门的球/在死去的日子死去/火烧出世界的颜色/在活着的日子纠结”（见《死去的日子》），诗写者他是那片流浪的云彩吗，是那万千游来而去的船吗，是那怎么也进不了门的球吗？是也非也。或许正如诗人自己说的“只有不断的离开，才能从远处看的更清楚”（见《在人间》）。

在李祥祥的心里，深藏着他的生命之爱，对命运的求问，虽孤独但仍不失自己的沉思，在微尘中也不愿放弃仰望星空。在他的诗里你会看到。

“如果心中有血，就让它恣意流淌/如果心中有爱，就让它轻舞飞扬/我们曾存在/我们都存在”（见《乞丐夫妻》）。

“对我来说又怎么跨越出去？/我只是裹着一根线牵扯的皮囊/呻吟着，永远没有结果的哭泣和挣扎/悄悄地埋在坟墓中仰望星空”（见《演戏》）。

“黑夜中坚守秩序与命运/却不知由谁来决定/你不仅仅只是你/在风雨对抗中搏击/最终，只留下忧伤，因为/渐渐地，这时的我们/在无声中失语了”（见《沙粒（一）》）。

“我喝干孤独/是的，在黑夜的角落独饮/颤抖的血液在戾泣，嘲笑着风/那是一种孤独/紧紧吻着你的唇，紧紧地/此世　此时

此刻／那是一种孤独，本真存在着”（见《那是一种孤独》）。

我们看到诗人在他的人生路途中，轻吟浅唱风尘仆仆执着前行，他一路走来：

追寻大漠孤烟，长河落日／我听到传来呜咽的声音／退回内心，在天地间匍匐觐见／一千年的日子里／我热力四散，穿过一切障碍／雷电交加，激情地说／“我在这里”（《梅雨时节》）。

带着对故土的眷恋和牵挂的思念，李祥祥行走天涯，无论是在哪里，乡愁总是涌动在心，个中滋味萦绕心头或悲或喜或忧或愁都化成诗的音符，进入他的《落物集》。那片故土那个总有树的家，陪伴着他的想往和他的梦想，一直起起伏伏如影随行地走在他的心里。你看“繁花落尽，如梦无痕／诗的轻舞，亘古蔓延／注定的漂泊／拉伸了生活的距离”（见《漂泊的诗》）。

是的，他“行走着／因为，我心中的家／总有树，郁郁葱葱”（见《心中的家》）。

李祥祥我看着你走路的身影，因为你走在我的眼里，我们都是山东人。

李勇　2018年2月2日于如是斋

在诗里，回报以歌

我认识李祥祥是在《秘境PHOTO》杂志社，那时他是云南大学管郁达教授的研究生，学习艺术理论，为杂志社做一些项目的文案。祥祥是比较勤奋和聪明的年轻人，我们相处得很愉快。毕业后他去到广西工作，就没有联系了，偶尔在微信上看到只言片语，感觉他很忙。最近祥祥发了一个邮件，打开一看是一部诗集，随后的电话中他让我写一篇序言，我才知道祥祥在写诗。

“静穆在山岳横岭中的心脏/聆听着大地脉搏的跳动/诉说着千年更替的神话/静穆中/如日月星辰爱抚中的缱绻呢喃/深流处/承受着急雨骤风的咆哮/大地给了我身躯/天空给了我容颜……”（《河流》）。读到祥祥的第一首诗时我就看到了普希金的影子，普希金是俄罗斯近代文学的奠基者和俄罗斯文学语言的创建者，他的诗歌具有清新、美丽、迷人的意境，在他的笔下，山川、河流、花朵、树木和人物都显得诗意葱茏，令人神往，使人陶醉。他所描绘的一幅幅画面是清新而迷人的，这种独创的意境使读者得到了美的感受，读过余味无穷。祥祥的诗歌亦带着清朗的气息和质朴的灵性，在阅读时会逐渐融入其语境中。

理解诗歌的感情还要顾及诗歌的类别、风格、流派等因素。例如，现实主义诗歌和浪漫主义诗歌在感情表达上就有区别，豪放派词和婉约派词表达的思想感情也常不同。祥祥的诗歌更倾向于内心的感受，在《有人在时间里行走》写道:“黑瘦的身影楔入青春的远山/我看见时间睡着了/睡在了灶台的梦中”，这种样式的诗句虚实结合，充斥着情感的意象。“意象是诗人的主观意念和外界客观物象撞击的产物，是诗人为了表现自己的内心世界，把客观的物象经过选择、提炼，重新组合而产生的一种含有特定意义的语言艺术形象。诗歌中，诗人不仅要用意象进行思考和感受，还要用意象进行表达。”（《现代诗论》）。李祥祥把时间进行了纯度的提炼，“睡着了的时间让青春幻化”。王维的《山居秋暝》也是写时间的：“明月松间照，清泉石上流”，对“时间”不同的建构产生了不同的意象，李祥祥诗歌中的“时间”还很年轻，语言的锐度痕迹明显，他十分注重成长经历中的心灵体验。

小时候去到了一座城

须臾间，火柴擦亮了质朴的目光
墙壁留下了时光揶揄的青色
鱼儿肆意蔓延的记忆，变得悠长
石碾磙压起时间，变得沉默
牛儿撩起了，溢满爱情的菜田
炊烟成了一种仪式

诗歌是关乎灵魂和心灵的艺术，因此真正的诗歌作品其实都来自诗人生命最隐秘的地方。在祥祥的创作中，将自己精神和生命的体验以语言的弹性呈现出来。语言自然生动、变化流畅，构成审美意蕴多样的诗境，给人以丰盈温暖的审美感受。

浅读李祥祥的诗集后，我仿佛看到了自己年轻的影子，回到每时每刻都沉浸在“诗意的栖居”的时光中，一个略显青涩却激情涌动的诗人与艺术之梦重叠在一起，并渐渐升华。

洪海波

2016年11月于云南微言堂国学院

无聊斋主

2017年，总有某些东西注定要落下来。比如香格里拉的小行星，比如李祥祥的诗集。

从时空概念讲，这两样东西都离我很近。

一个没砸到我。

一个砸到我了。

砸到我的是李祥祥的诗集。躲都躲不开。

我想申明一下：恕我不对其诗做具体点评。你会听吗？读诗不需要有人指手画脚。自己看就好了。

假如它也砸到你的头上。

一定要认真地看看。哪怕一天只读一首诗。哪怕只读一行诗。

你会找到不一样的感受。人与人之间的关系，最重要的就是寻找不一样。

一个重大的发现是，诗可以做到。

一定要认真地看看。哪怕你认可的只有一首诗，哪怕只有一行诗。那么这种收获就是巨大的。这是诗人呕心沥血为你订制的语言王冠上的宝石。

我相信，会有的。你会得到的。

诗找有缘人。碰上就是有缘。

我想说的是。李祥祥是学艺术的研究生。搞策展之类。没想到他写诗，更没想到他要出诗集。有点儿唐吉诃德的精神。想以此证明什么呢？我想他心里清楚，什么都证明不了。

但真正的诗人绝不会用诗来证明甚么。他不屑！

诗是他的生命形式。不写他难受。

所以我们才有机会被他们的诗砸到。

我以为没有成为成功诗人的诗人才是真正的诗人。因为这里面

没有功名利禄。

诗是伴随诗人的绝世佳人。他爱着，相濡以沫，相守终身，不弃不离。这就足够了。

所以，对诗，对诗人，我们要有足够的敬畏之心。

因为当今世界，没有比诗更无辜的孩子了，没有比诗人更孤寂的了。

诗和一切伟大的艺术一样是没有企图心的。

总之，祝贺李祥祥。

崔亚楠

2017 年 10 月 15 日

精神画像

正如海德格尔所言，诗歌是世间万物的聚集，在李祥祥的《落物集》中，由物象的聚集到意境的呈现显得那样的畅通无碍。这固然离不开他对艺术和绘画的长期修行与领悟，但比这更重要的是他那发现生活的慧眼和敏感的内心，他用眼中的真实告诉我们，艺术不应是被粉饰和强装的面具或笑脸。

李祥祥的创作质朴而感人，他以散文视角捕捉生活中的物象，字斟句酌，精心“导演”和还原生活中的一幕幕画面，从中我们能够隐约觉察到一个言说者的存在：这位言说者以文采为乐，他的字句中凝聚了凡常生活中不予倾诉的情感；他活在匆忙的现实中，时常感受到孤独、飘零；他对童年的幸福宁静充满向往，故乡依旧，却再也找不到归途；他被无助地挤压在功利与世故的夹缝之中，在困惑与挫折中不辨方向，却苦苦寻觅新的可能……随着形象越来越清晰——我们终于看出，这是一个无比真实的、中国‘80后’的精神画像。

朱　墨

生活，在路上（代自序）

把自己经历和感受到的物象变化描写出来，就是我的诗歌。

有些事，命中注定。家庭贫寒，一直辗转流离，久而久之，性格中秉承着不认输的倔强和执拗，恰恰与“君子之中庸也，君子而时中”的为人处世理念相悖，而在随波逐流的潮流中，恰值青春激扬的年华却苟延残喘。不知何时起，喜欢仰望天空，清澈、干净、空灵，冥冥中可以感受到一种血脉相连的召唤，似乎远天的底下总有自己迟早要到达的地方。于是，诗歌帮助我抵达“走过”和“未走过”的星空下的道路，我在无法突破肉身枯槁的时候，精神仍在逐渐成长。

这副皮囊烙下了明晃晃的印记，承载很多殷切希望，可事与愿违，既没有出人头地，也没有发家致富，在时间的嘲讽中对事、物清晰敏感。庆幸，既看到了广袤世界、山川河流，走出了固有思维的边界，也感受了生活之所以为生活的现实性和欲望性，又体验到了诗歌在夹缝和无聊中摇摆。但最重要的是，亲朋师友的谆谆告诫，随黎明的星辰一般消退在朗朗乾坤中，似乎即将要被抛弃，心甚惭愧。

诗歌，是寂静的，亦是一种真善美，如事物的两端。这些年一直挣扎于生计，奔波多地，苦不堪言，可苦中作乐，诗歌成为慰藉心灵的良药，成为生活生动和欢乐的力量。

于彩云之南求学时，因缘际会见到了很多当代著名诗人，于坚、雷平阳、邹昆凌、洪海波、老六等。云南的神秘、安逸、乌托邦滋养了太多独树一帜的优秀诗人、文学家、艺术家，他们因一种情怀行走于大地并袒露心扉，似乎没有归宿，没有因，没有果，空灵的状态，精神的浪漫，生活的描写与思考。游走在八桂大地，越来越感觉迷人的事物，总需要一种呈现方式。诗歌是最有时效性的表达，是心灵结构的抒写，在浓厚的文艺氛围中，我选择用现代诗歌的方式进行修行。

唯有清晰的东西才是最有力量的。我总是想把“物”的状态描写的清晰可见，去感受事物的心情和变化，还特意看了日本作家江本胜的《水知道答案》一书，因此，对“物”进行形象的赋予，它们似乎都是带着前世的“胎记”转生。有次朋友对我说，“你的东西，稍微少了点味道”。我深以为然。

随后，经历了生活的诸多波折，体会到生活的艰辛和美好，后知后觉的才明白了，所谓的“味道”，其实就是自己的内心，其给予作品的灵魂让人能够汲取养料。正如况周颐《惠风词语》描述：“吾听风雨，吾览江山，常觉风雨江山外，有万不得已者在，此万不得已者，即词心也。”而“万不得已者”，看似悲戚的吟咏，实则是固执地、藉物脉动的生命扩张，是悲智的纹理。“物”的状态也开始“有”与“无”，“实”与“虚”的建构，“味道”也渐渐入心。

生活，总是一追一逐，一走一留。子曰：“三十而立。”我却仍因不断奔波而惶惶不安。世界吻我以痛，要我回报以歌。我唯有在诗歌的乌托邦世界里，才能最大限度地接近内心的平静。诗歌，就如康定斯基笔下的黑圆圈，遥远的雷声，自成一个世界，仿佛无所顾虑，埋在自己里头，成为终点，想一个慢而酷的声音说：“我在这里”。

诗歌日渐式微，一方面中国文化缺少终极关怀和眺望，一方面商业化消解了诗人对自身的反思。但诗歌千古事，得失寸心知。我在走向诗歌的路途中，像一个离家出走的孩子，不停地终生仰望星空，寻找前行的方向。在路上，是最好的状态。

目录

·第一辑·

物语呢喃

·第二辑·

物里看花

·第三辑·

物外星象

·第四辑·

物物观象

第一辑

物语呢喃

蜘蛛

阡陌的心事交织着绵长的诉说
撒下的网，吟唱孤单的影子
围绕着，天地自成
世界之大刻进倾诉的尺寸之间
奔跑在
改变活计的方向
获得生存、阳光、爱情……

你牵着梦想流浪，看着你
温暖、月光，直到泪流满面
神的谕旨，陪着孩子跳舞
时间未带走过你
你从未停下过脚步
力量性建构立于天地的魅力
网散碎，长线终究断了
心灵的飞翔惶恐、不安

可知否，
生活之美还在你编织的纹络里？！

苦楝树

你的心情随着灵魂盛开
不知道你在风雨等谁，远逝的思念
你笑得灿烂而孤独，
伫立成一种遥望的姿态
湿热的天气预报着生活
你的秀美，注定孤独

可是，你那么美
我爱恋你的心如此苦涩
你的骄傲，让我看见思念的痛楚
苦恋花，苦恋花呀
孤独天地的姿态，摇曳于爱情

轻轻地从你身边走过
一眼我便看见了爱情
笑苍天，世间情难了
吟大地，缘深情浅总难关
苦恋花
爱情的流质，流淌

夜

鸡蛋壳上绽放出了黑发
甩一甩
温柔了整个星空
晃一晃
沉寂了整个大地
夜的美丽不止一个人知道

石头

是谁把你深深埋藏
呜咽中驻足凝望
欢愉时温文尔雅
沉静时默默祈祷
道路桥梁只是你的化身
住宅楼房也是你的恩泽
亲爱的
你是如此恬淡优雅

是谁把你深深遗忘
荒芜中孤独守望
无理式的跳跃
滕茎般的蔓延
你呼吸着大地的氧气
你聆听着心脏的鼓动
你观望着上帝的形体
亲爱的
你是如此端庄理智

又是谁把你深深向往
你是造物主的眷顾宠幸
愚公对你矢志不渝
弗弗西里对你恩爱有加

菲迪亚斯对你专注执着
芥草和你耳鬓厮磨
古柏和你朝夕共舞
亲爱的，知道吗
你是多么令人痴迷钦羡

河流

静穆在山岳横岭中的心脏
聆听着大地脉搏的跳动
诉说着千年更替的神话
静穆中
如日月星辰爱抚中的缱绻呢喃
深流处
承受着急雨骤风的咆哮
大地给了我身躯
天空给了我容颜

田野上自由自在的奔走
星宇下惊涛拍岸的疾冲
日日夜夜
不停地
低吟浅唱
戏耍流浪
没有目的的
没有方向的
一个人的游吟
终一日
纵横交错汇一家之言
狂浪中坦然处之
安静中激流勇进

交五湖结四江
入海川
月升日落
梦转千百回
一生一遭一轮回

鱼

纪元前你说
想去看琥珀和恐龙
不知几何几时
在博物馆的玻璃展厅
看到你神情惶恐不安的模样

那一天
你走完了今生来世的路
你要溯流而上跃龙门
你闻到了心颤悸动的气味
听到大地撕心裂肺的咆哮
看见火山肆无忌惮的怒吼
感知冰冷入骨的寒意袭来
危险铺天盖地的聚拢
惊慌、恐惧、害怕、不安

不知所措却瞬间定格成为永恒
绝唱万年，你留下了不朽的遗憾
自此以后
琥珀、恐龙化石和你难舍难分
相守相望

窗

春天的雨水
在我的窗前
眨了眨眼
调皮地跳了一曲舞，又飞落去了

夏天的飞鸟
盘桓在我窗前
婉转地唱歌
望了望，又飞落离去了

秋天的黄叶
在我的窗前恋恋不舍地凝视
摇了摇头
无可奈何，又飞落离去了

冬天的雪花
在我窗前酣酣地睡了一觉
怀着对音乐的挚爱追求，又散化去了

我坐在去年的窗前
一伸手，接了个电话
便驶向了今年的季节

鱼缸和鱼

鱼缸爱着鱼
鱼不断反抗
又根本无法反抗
爱是一种囚禁
温柔又残酷的
鱼缸拥抱着鱼
鱼不知不觉习惯了
习惯了一件事
习惯了一个动作
鱼一直没有发觉

时日到了
鱼自由了
却失去了方向
从生至死
追寻的
只有鱼缸的温暖
带走的
只有鱼缸的回忆

陨石

没有一朵花的芳香
没有一棵树的葱郁
没有一块砖的华美
时间的门扉
在光的焚烧中关闭

万亿年前
闪耀着璀璨夺目的光辉
比最亮的星星还惹眼
地球的遥望与思念
你不想辜负
你也不想与这个世界纠缠在一起

人间没有直达天堂的火车
夜空下一对恋人相依许愿
你痛吻过后，跌落了下来
夜色费力地打着补丁
你不在这里
你也不在那里
我只能看到
漫山遍野的石头

萤火虫

妩媚的夜打扮装饰
揭下遮羞的面具
会见心中的情人
萤火虫

此起彼伏的声响
惊醒了美仑的舞者
浩瀚的世界温柔脉脉地凝望
深情地吻了一吻
将隐逝光明的爱人

有人摇曳蒲扇
细碎牛郎与织女
萤火虫啊
情爱如歌
天地间
渺小的你
情人眷念的湿吻
成为永久的故事

麻将

瞧
麻将那家伙
心宽体胖，圆滑方正
爱惹是生非
放荡不羁博时运

麻将啊
忠诚于你的粉丝
手中构筑着
看不见的江湖河山
玄妙的乐曲
歌唱灵魂的安眠曲

欲望的魔咒
像散落的火花
若隐若现
时而聚拢
时而扩散
驱奴那些偏执、贪婪、迷醉的情感
望着形态迥异的脸庞
一丝丝慰藉
于时光的转角处
变得迟钝、麻木
我是爱你的，但我却要告你我的痛

稻草人

稻草人
面向大地的虔诚者
春天的暖意
你心中有说不出的甜蜜与喜悦
夏天的诗歌
写满对你的吟歌欢唱

可是，你忘记了吗
人们在诉说秋天的故事
你的眼神变得落寞忧郁
叽叽喳喳的麻雀从你肩头飞过
再也没有来了
你把心事
倾诉给大地
讲给河流大山听
落叶凝听了最长的一段
无可奈何带进了泥土

太阳抓不住
月亮也留不住
你也从不责怪犁头的脚步急促
空中的星星
眨呀眨

空寂的麦田中央
你依旧笔直地站着
和着风声呜咽
失眠了

蒲公英

有一首乡谣倾诉着千古传唱的哀伤
只有行走的人
才能听到注定的嘶吼吟唱
只有孤独的人
才能看到宿命的轮回
诗意的抗挣
如尘埃散落于脚底的泥土
总是不经意间
已成落定的结果
爱在这里
恨在这里

尘埃

在渺小中成长
在卑微中流浪
在天地间飞翔
他找不到回家的路
不知从哪里来
不知归向何处

他欢乐着
到处结交朋友
荒废的边角，颓败的屋舍
他私会着被抛弃的一切
那流淌着他的痕迹
雕琢了时间的样子
把日子珍藏心中
月升日落
他纠缠而寂寂着

童年·滚铁环

孩提时
赤脚站在故乡的手掌上
手握铁钩推滚铁环
风如影随形
村子小得容不下滚动的铁环
一个村子到另一个村子
铁环要冲破地球引力
滚铁环
是一种更深的迈步前行

铁环累倒下了
如游戏的一个个关卡
开始到结束到开始
铁环的命
铁环的路
就是循环的圆
铁环又推滚回到村子
从来不曾离开自己的故乡
童年
一个游戏就是整个世界

镰刀

梦中醒来
总是听见你在旮旯里的哭声
心烦时总想把你扔掉
“地排车”号收割机摇了摇头
你的骄傲依然鲜亮

阳光下
你是热烈奔腾的
田地中
你是矫健迅猛的
风暴中
你是铮铮发鸣的
雪雨中
你是傲然无畏的

岁月的斑驳
锈污了你的光泽
转弯处
遗落于遗忘间
那虚幻的骄傲
不知是你没有清楚表达
还是我不曾听清你的声音

织布机

午后
一群母鸡在稻草堆旁觅食
梧桐树上的飞鸟归巢喂乳
水牛慵懒地卧在池塘中
红尘喧嚣的痕迹寻找着归乡
所有的形象轰然倒塌
盼来一台织布机的缘分
唧唧的织布声传来
随着风声飘向神的国度
神的孩子都在跳舞

矮小佝偻的老人飞舞着线梭
倾情只为此刻此生的虔诚
窄窄的村口
拖拉机驶过
搬动着整个村子
织布机的哭泣
变成悠悠的长歌

童年·泥巴

血液里裹流着泥巴
聆听边角乡情的呼吸
上帝的孩子是泥巴上的花
我说
走吧
回家闻一闻泥巴味
我们注定是泥巴的孩子
离不开你
离不开血液呼唤的灼热
我回家看泥巴
你回家看人
你说
懂得就值得
坐在那年那时的秋千上
某个约定模糊而清醒
一段时光
一个故事
匍匐在地吻一吻泥巴

风筝

夕阳余晖
看见风筝在空中歌唱
羡慕着别人的风筝
轻轻一拉
就会回来
因为有人疼爱
贪玩的风筝
总不会飞得太远

盼想着放飞自己的风筝
可总是找不到线
痴痴地看着
那些
不曾属于自己的风筝

流浪者

流浪者
漫步夕阳步伐坚定
不知如何描述的目光
充满了未知探索的希翼
如一阵阵清远悠扬的驼铃声响
给苍白的人生涂抹色彩
给饥渴的人以甘甜清泉
给迷失的人以歌唱欢乐
内心的宁静，源于曾经的漂泊

纯真的人们，纯净的土地
肉身的一颦一笑
文字的行间距离
都留下了浅深相间的足迹
内心的归宿，源于有爱的地方是故乡

一颗发光的星星

眨呀眨呀的，一颗星
一个命薄如纸的稻草人
迟缓着，说不出话来

那时天空爬满月光
仰望的孩子总是想起
清风吹拂芦苇，次第
跌倒，爬起
而星星依然醒着

一颗星，远离歌者和音乐
却在天空，流出
大片大片的眼泪

端午节

摸不到季节的轮盘
徘徊在远离你的城
我的城，漂泊着
收不到散发炊烟的家书
姑娘，你的美
让一条心动的大河宁静
那是竹叶写给糯米的情书

黑夜写满心事
我们的身影逐渐被灯光吞掉
月光伺机掀起了树叶的裙底
应景该说你想我吗
应节却说你吃了吗

落叶天堂

一棵会落叶的树
滋伸着纹络，生长在体内
心中有片叶子，安静地飞翔
不知何时飘零
不知飞向何处
吻着呼吸，寻找来路
只为赴一场盛宴，生来就注定

落叶，一种宿命
含蓄地紧闭双唇
血液在剩余美酒中燃烧
流放天堂的旅途
黑白银幕，轻轻闪过你的影子
醉了，忘言

透过指缝，抬望叶子飞翔
通往天堂的路，却不在脚下
血恣意流淌，爱轻舞飞扬
落叶天堂
在我的心中

老房子

老房子，夜晚
蚊鼠　横行
喝你的血，吃你的肉
你的挣扎如此苍白
我们养只猫，买点蚊香吧
可窗外有只猫，无动于衷
肥肥的宠物猫
舔着鲜美的食物，与鼠辈和平共处
老房子，鼠辈依旧横行

老房子，夜晚
蚊鼠　横行
喝你的血，吃你的肉
你的挣扎如此苍白
我们养只猫，买点蚊香吧
可点燃的蚊香，引来了扑火的飞蛾
蚊子群魔乱舞
沉睡的我们不在恐慌
心脏在蚊鼠横行中跳动
老房子，蚊鼠依旧横行

房子

房子
在世间，尤如
一朵朵艳红的玫瑰
灿烂辉煌地绽放在贪婪心田
谢绝了一些人
做着有意义的事
做着无意义的事
以一种居高临下的姿态
困锁着，被抛弃的人
……
或许
房子一定感到痛了
否则
他为什么不与诸神共享盛宴
可是
他的告别，那么孤芳高傲
我行走在一座座城
日落夕阳
只能远望他的影子
……

樱桃

一颗，两颗
艳红，潜在骨子里的诱因
落下看不清的味道
模糊天空断裂的影像
一台照相机，努力着
飞入思绪
化作点滴愁肠
你的影子
空灵，一片寂寞
画家画不出的水墨
遮掩着，你的醇香
一丝又一丝甘甜
一颗，两颗，
殷红，生长的色彩
咏叹前世今生

时光

阳光，轮椅
脸庞叙述着模糊的认知
岁月穿越眼眸
影子中有日出
影子中夕阳
一切图像，静悄悄地流逝

掀起帷幔
透过隐退的灵光
望到镜像的碎杂
展开了，彼此生命的空间

天空，轮椅
一种旅途的方式
稍稍停顿
皆成记忆

太阳或者月亮

仰望，太阳或者月亮
恐惧懂得太多
漂浮的污秽是生命的颜色
接近太阳的幸福
给我遐想的勇气
唯心主义有着无穷大的灵魂
是否站得高，就更接近上帝

遥远的国度，月亮另寻归宿
我站在文明的崖上，没有退路
有人问，你在仰望什么
哦，寻找想飞的翅膀
我要太阳，也要月亮

目光

遗落在目光深处
目光无动于衷
船来了，又走了
该来的却还不曾来
一个瓶子，空的
念着咒语
游来，万千形影
请暂停，我的爱情
湖蓝装着思念喝进肚子
失去氧气的人，忽冷忽热

行走的人

倒影，日落月升诉说沉浮
所有的琼楼玉宇，都有故事相伴
一生绵长，鸢飞他行
在遗落中，匍匐圣者的足迹
不过一走了之

芦苇，卑微地招摇过市
所有的美，都自我孤傲地演绎
寂静的灿烂，轰烈的荒芜
云淡风轻，在嘲讽中温柔了天地
拥有一生一世是不够的

日子，人世间最大的愚弄
自此走上了一条不归路
君子，渔猎江湖总是在路上
小人，万水千山困囿于繁华
那么，行走的人不必孤独
所有的心，永远不用漂泊

小草

脑袋上长开了小草
一棵一片一山
你孤寂地吟唱
枯荣寂寂
你的忧伤散落在风飘过的地方
而我的忧伤，没有一个人知道

栀子花

那一年
坟墓上长开了栀子花
花开飘香
这一年
坟墓上又长开了栀子花
花落惆怅

栀子花
我看不清你的眸
也看不清回家的路

候鸟

漏失的干支催着万物低鸣
季节的承诺，驱赶着一群艺术家
心情运输的旅途，等待光进来
翩跹走过八千里，万千山水
候鸟，
没有结局的缠绵
孤独，成为飞翔的姿态

南归的候鸟
徘徊在虚幻的死亡旅途
从罗布泊到滇池
寻找遗落的秘密
歌声，在这春天发芽
呼吸，带着记忆的颜色

南归的候鸟
撕破夕阳的清晰、光亮、鲜红
城市的缝隙，讥笑最大的贫穷
乡村的恶作剧，淘洗稻米的饥荒
迁徙的候鸟，永不停歇
荒闲，隔离了突出重围的勇气
风尘恋歌，发酵成另一种味道
一颗心收留另一颗心

四月的朵红

我是四月花开的朵红
我发生在你可以随手掐捏的地方
虽然这不是我愿意的

你真的把我掐下
我的血留在你的手里
留下嫩嫩的乳香
虽然这不是我愿意的

中秋呢语

仲秋的风似歌声轻吟
试图把自己深深埋在异乡
突然
平行的日子缠绕着，摇曳生辉
我知道，她装下了一条星河
深刻的思念，阻挡不了月光的步履
你的演绎，延续了我的故事

仲秋之夜，在遥望中又活了一回
一束光，带着莫名的心情，
吞没了所有的嘈杂，释放火焰
一瓶酒，怀着无状的醉意，
怀念家乡的枯草，走过山水
一月饼，装着喷灌的愁绪，
越过鸿沟，走进你的心房

向日葵

血液里长开了向日葵
一朵一簇一片

你的美丽不止一个人知道
而我的美丽，又有谁知道

枯萎的花

流动的生命
阳台面朝南
精心栽培好的花
每天浇水
防止水分不经意间的逃逸
迎来了
清晨的霞光
开出了自己的颜色
日子渐行渐远

我的花呀
根疼痛得忘记了呼吸
花叶不再眺望大树的复苏
腐败了
散落了
竭力地挽留什么
努力地防堵什么
只有徒劳无功

我的花呀
请自由地呼吸
在我的心里
在我的文字里

第二辑

物里看花

青春

于流年的转身处
遇见带着执着、热忱与惆怅的生命
感受生活在别处的况味
喜忧悲欢，如花的韶华
听着自己的声音，寻找着他人的踪迹
柳絮飞莺，寒霜沽酒
青春在憧憬中轩昂
游历世间繁华
体味红尘喧嚣
青春在梦中浪游
漫天烟花，波澜你的世界
自在激扬，撸荡你的风帆
青春
素不相识，却又相亲相爱

驶向远方的火车

驶向远方的火车
看见斑斓的亮光闪过
黑色的夜是一种更深的蓝
写满了时间的纹理
不断扩展延伸的铁轨
是一张交织纠缠的网
只为一座城市的灯光

驶向远方的火车
紧紧地成为生活的一部分
异味弥漫的候车厅
粗鲁拥挤的等待
野蛮的硬卧火车
能装满冷漠沉寂的人
能塞满琳琅的行李

驶向远方的火车
紧紧地彼此聆听着
一个一个孤独的灵魂
甚至没有一声响亮的汽笛
静悄悄地达到远方繁华之地

回老家

那天我回到老家
只是想闻闻她的味道
安静的村子只有麻雀的叫声
遗忘了太多太多情形
婴儿的啼哭
妇人的呻吟
病者的咳嗽
源于村头的犬吠
老汉清醒时吧嗒吧嗒的旱烟声
都不知跑哪约会去了
老家的村子失去了血肉
没有了嗓子
在村子醒着的时候
她只有乳房
和下体
回到老家
我只闻到了人们身上的铜臭味

片段

那年，为了无所谓的考试
我们骑着单车
穿街过巷
只为找一家“北大荒”的饭馆
一壶酒，一支烟
讲着流年的爱情
风中的追逐，雨中的豪情
乱花飞浅半日闲
落叶翩跹只为伊人
健壮的少年
心怀蓝色的海洋
朋友义江湖情
一句箴言遥望未来
苍白的人生写下色彩

流年逝水，缘灭了过往
悲喜欢愉痴嗔贪念
再美的舞蹈也得谢幕
撒落的故事，悸动心头
韶光滑落，梦影无期
伊人渐去画容颜
兄弟隔情依旧
怎奈何

告别过去
海阔天空
挥舞着受伤的翅膀

生气

破碎的纸花
是乱如麻的思绪
与天空的云纠缠
右手骂骂咧咧
左手对鼻孔说“活着好”
鼻子笑弯了轨迹
憨厚的脚趾默不作声
曾经爱慕的纸
游走在光的体温下
就这样
爱得磊落
痛得莫名

下午

轰隆的飞机声划破静谧的天空
天空如水洗般只剩下蓝
微风漫过季节的年轮
新绿的树摇曳连成一片
八卦的小鸟沿着阳光飞过
远眺的视线被发情的城市遮掩
清风拂过手掌的纹理
楼下的老人拄着拐杖
静悄悄地坐在日光下
睡着了
老人的牙床比这个下午还要空

三月的风

天空下承载着风的思念
三月的风
挽起了大山的发髻
掀起了怀胎十月山丘的裙摆
三月的风是多情的
麦田的伤口愈合了
田埂的忧伤淡去了
湖水为你搔首弄姿
新绿的稻田与你缠绵
三月的春风
多情的你更无情
你是如此的玩世不恭
你带着天堂的颂歌而来
悲悯着，救赎着
匍匐朝拜的虔诚信徒
爱你的人在睡梦中哭醒
寂寞中从未删除你的吻
那目光消逝的远方
淡淡地模糊了你流浪的痕迹
风拥抱着三月
不知经年，此景彼景
无可奈何终潜去

窗外的白天

白天
在黑夜凝望的彼岸
那不是春天维纳斯的拥抱
也不是秋天缪斯的眼波
只是窗外的那一片空灵
覆盖了黑夜的龇牙狰狞
记录了生命的温度
承载着梦的舞姿
窗外的白天
是开往天堂的门户
婴儿的啼哭
少年的追逐
年迈时的回忆
窗外的流云
时而恬淡优雅
时而忧伤哀愁
只为守候
窗外的那片空灵

没有出路

燥热的焦虑
洒在
任何一点潮湿的地方
生活的芒
解不开不得其所的欲望
啃啮的刑
缠绵交织无处可逃
我们的累
在所有的昼和夜
报以
相聚时的欢语
散离时的沉寂
蓝天下的
和土地之上的
都没有出路

流泪的青春

逡巡的风
狂卷起呼呼作响的青春
逆乱的雨
惊醒了少年轻狂的舞步
飞走的沙
吞噬了迷惘的阳光
伐倒的树
遮掩了飞扬的长发
血已经冰冻了
不能流淌
书散落着
捶打着时光的心房
咚咚
咚咚
咚咚
还能够坐在秋千上摇曳吗
还能够倾诉少年不知愁滋味吗
请相信
那时那年
流泪的青春

你的箭

你的箭
直直地向我扑来
坚决地射入我的心

我看见
漫天的彼岸花开了
花开一千年，花落千年
我看见
彼岸花的蕊是妖红的
有花无叶，有叶无花
我看见
彼岸花在痴笑
花叶永不相见
融成轮回的光

你的箭
解放了我
你的箭
使我从枷锁中逃逸
剥开了坚硬千年的躯壳
谢谢你

黄昏的独行者

灵魂的独行者
没有尽头的等待
想象中的海
永远无法迁徙到的地方
翻来覆去的死
生命没有活过

黄昏
最美的挣扎
你的伟大无人读懂
你的忧伤
抚慰着伟大的心灵

独行者
寻找虚无的出口
飞过的海鸥
僵硬了思想
每日每夜，孤独的行者
是 黄昏的一个旅程

黄昏下的宁静

调和夜色的安谧
一座城，一地方的味道
一杯记忆中的鸡尾酒
弥散着狗尾巴草的神秘与浪漫
你若盛开，霞光满天
逆光中的湖泊，我们
触摸着去年的心情
遗落在遥远的刹那余晖
斑驳的秋天
长方形的建筑里住着圆形的思念

夜幕下的单车
关不住，一段
穿越灯影流质下思绪
一个人，两个人
游荡的孤魂与野鬼
彼此的寻觅
烙在一种原色世界的扫描中

存在

一个人，用大而洪的声音说：“我在这儿”
似乎，从未离开过
一个人，用卑而微的声音说：“我离开了”
似乎，从未存在过
如今，他们
糅杂在沦落的沙粒里
似乎，从未离开过，也从未存在过

啄食的老母鸡
在他们空白的躯干上孵蛋
一双皲裂粗糙的手翻过
翻过，轮回的存在

碰伤

身体的保险丝断了
熄灭了
躯壳上爱的津液
在游离的空气中随波浮沉
裹挟木块的三角铁架
带着狂风暴雨的吻
穿透了我的身体
我闻到了鲜活的血腥味
碰伤了，那神圣的光泽
以死相抗的结果
带着温暖下的伤痛

呓语

如尘土一样暗下去
多年以后，我们的名字
恰如春光花色挽留不住
命运的水草背离了春天的河道
瑟瑟的呓语
黎明的邀约
那布满光明的向往
是我未曾开垦过的生命
在音乐的内部
看到我内心的风景
将仅剩的盐和水
一点一点地吹过我沉重的双眼

有风吹过

初夏，有风吹过
搁浅到遥远地方
放逐着北去青春
飘向比梦想更远地方
利剑一样砍向布满尘埃的诺言
载着我们的躯体射向天空
有风吹过
我感受不到它的心情

有风吹过
更多时光无处可逃
摈弃了残留暗香，却满怀炸药
睡梦中，露出了狂笑面孔
一转身
我已经遗忘了你的样子

梦

墙壁上镶嵌着一片透明的流质
吟唱着会呼吸的水
缺失了海的颜色和脚本
只是文明的衍射

你在追逐中长出脚
海马、章鱼、蜘蛛、蛇
死死盯望着，墙角
没有传奇故事的单人床
窥视，被遮掩的心灵
不会游动的四脚鱼
诡谲地撞入你身体里
开始，一种结束的过程

原来，是阳光下的一场梦

罪与藏

握着锄头的双手
踩着键盘行走
遥远的村庄
看不清前人的目光
啼哭的婴儿
摔坏了牛粪的甜味
芦笙逃离了母亲
剩一堆灰烬
杀戮的时光
填满罪与藏

混沌的思绪，撞击城市的门
站在黎明的最高处
僵硬的灵魂睁开眼睛
游荡着
从公园到高耸的建筑
牢记外乡人
互相吞噬的恋爱
上帝呀
请审判罪与藏

拾起一枚别针

银杏叶在 18 度的阳光下游离
我拾起一枚别针
在亮光光的年代
更需要一本武林秘籍

我拾起一枚别针
沉沦落叶天堂
斑驳了岁月
绣亮了欲望
发霉的野菌舔吻着草莓
隐隐地
论剑清风吹冷的秋天

我拾起一枚别针
亲吻多情的红嘴鸥
告别妈妈的白发
一车松鼠粪浇溉血液
生长出永不凋零的铁树花
弯曲了秋天的银河

我拾起一枚别针
埋葬一个秋天

我看见了死神

花红笑得颤抖
散落在夜幕下的泥土
从一把刀启程
那些时间缝隙里散发的腐朽
看得见的或看不见的
风景和声音
我看见了死神
他笑着说
我来了，安息吧

在南极的穹顶
花红在吟唱
未见之物的呈现
我们的尸骨在海底相互磨砺
你留下的脚印
回到了初生时的路
最终而成的尘土
天亮了
我看见了死神
他抖了抖身体的尘土

等车

蛆虫一样攀爬
满地的落叶生长出焦虑的纹路
等候回家的班车
垃圾箱穿过交叉路口
天空下飘散着腐朽的霉味
追逐，打情骂俏
流逝的水分带走了花香
我的心关闭了通往白云的门

皮鞋和阳光静静纠葛相爱
耳边全是呼啸而过的车声
可是，我们相距一光年
一把愤怒的椅子
我一坐下就开始呐喊
隐隐的，心中长出了车的样子

有人在时间里行走

有人在时间里行走
黑瘦的身影揳入青春的远山
我看见时间睡着了
睡在了灶台的梦中
一天不可或缺的时间停顿了
明艳秀雅的容颜
依然光泽的面庞
却似乎偏离了审美的范畴
新鲜的水分不断地枯萎
像急速驶过的城际列车
从一站到另一站
黑瘦的身影被零零碎碎地分割、剥落
有人在时间里行走
整个世界都在他面前敞开大门

错过的爱情

点滴嘲笑时间在静脉里流淌
阴暗的房间，摆着不见光的花
一个人默默坐着，听着——
在一个音符上战栗、哭泣的情歌
拥抱莫名的结果

一个人，一座城
时光迁移着，注定
有些事忘不了
你说，要找回爱情
你去了你的城
错过的爱情
在夜里消弭了踪迹
我为自己悲哀
悲哀却仍催不化凝固的泪水

一座城，一颗心
总在镜子里看到距离
一杯水，被甜蜜光芒透射
到达我们不知道的领地
坐着地铁
延伸到另一座城
我们虚构着爱情

转身之时，忍不住的泪水
落在宇宙的银河中
我们总会错过一些事
错过的爱情

死去的日子

北方的北方
我听不见祝福的声音
那些还没有来得及
飞往北方的候鸟
停在五月的天空

那些死去的日子
串成一串
戴在没有颜色的脖子上
我整整死去 N 年
每日每夜
从土地
从城市
从云彩到树枝
不曾活过

长不出金钱的秃头
妈妈的菜刀
爸爸的摩托车
在硬币裂缝处刮伤
我等待着
一顶挡风雨的帽子
在欢笑的寂静中

我死去了 N 年
踢不进门的球
在死去的日子死去
火烧出世界的颜色
在活着的日子纠结

心中的家

行走着
在血液恣意流淌的土地，只剩下了一片贫瘠
我匍匐，却闻到了在他乡的空谷幽兰
血液中盛开千古煌煌日月花，只是迷惑的外衣
我俯仰，却跋山涉水在他乡寻找慰藉
血液中传唱悠悠岁月阴阳花，只是灿烂的脸庞
我呼啸，却望洋兴叹在他乡求助理解
血液中慷慨悲歌的振臂挥斥，只是空壳的躯体
今天，我站在这深沉的土地上
总是忘记不了，他乡有我血液畅流的养分

行走着
在骨骼蔓延侵染的天空，下着铺天沙雨
帝祚永业，一种文化的千古绝唱，也唱累了
铜背铁骨，一种文明的源流汇集，也聚累了
秦书骈文，一种信仰的血脉相连，也散伙了
可是，很多事情，我们还在重复
延续着，名垂青史，一种理念
我看得认真，填充好了畸形而丰满的骨骼
天空灰蒙蒙，焚烧过后一片荒芜
很快
野草丛生，遮天蔽日
今天，我仰望头顶的苍穹

总是想象，荒原中什么时候能看到参天大树
行走着
因为，我心中的家
总有树，郁郁葱葱

烤太阳

我用修辞方式到达阳光
背对着人造光明
空寂寂
可我要的是抚摸的质感
很想和你在一起
如果能忘记
一天
我坐在免费的时光下
烤太阳

仰望星空

仰望遥远的夜空
有一颗发亮的星星
它构成我隐痛和孤独的一部分

仰望遥远的星空
有一颗发光的星星
你也曾经追逐过

我们在不同的时刻凝望那里

美，源于一种遗憾

繁华，是寂寞的哀愁
美亦如事物的两端
遗憾，辗转隽怀
美好，翻滚在质朴年华
像花，在生命与轮回之际
惹人怜悯

初晨的太阳

初晨的太阳
打了一个小盹
掀起拂晓的鱼肚皮
穿过层林的你的目光
为灵魂筑了个巢

人间食粮

无隐形的消费，嘲笑着
一个得了厌食症的胃
思维蠕向蒙羞的角落
人和心，一个悬念
在现实和哲学的迷雾中，弥漫

喝干一朵花红

抚摸季节的温柔
我喝干一朵花红
艳丽的花红来不及欢呼
随着笔墨尺度错过了一个冬季
谎言在血液燃烧中流淌

神的光辉洒下一片片
欢声笑语
深埋着，选择跨越的理由
秩序，在母胎的呼吸下轮回

我喝干一朵花红
隐藏的一片叶绿，我也看不见
呼喊中
彼此互不相识，原来
无序地挣扎
模糊着世界的样子，依旧清晰
舞蹈、欢呼、留恋
一切原罪的肇始

神说
忘记世界本来的样子
你是最美的王子
我又喝干一朵花红
……

爱

家乡的山丘，是刻入双眼的宁静
想象中，再轻吻你的双唇
这一世的离别，覆盖了一切
家乡的河流，有鱼游走
消失在落日后漆黑的山庄
转过身，总是望着它的背影
才能让人释怀

曾经，我在河里游泳
和万物相互指认
也送走了一些人和故事
不知不觉，也告别了自己
这一世的轮回，远离了家乡
从此，浪迹天涯，寻找……
离水的鱼，一醉千年
看世界在刹那间
沧海桑田

曾经，我伫立在山丘远眺
星星总是闪光跳跃，聚焦着
你镁光下的盛宴
我来迟了的红尘
日子，绕过佛陀的长发

眉头上的皱纹
剃了一地白发

诅咒，我背负的使命
在众神隐退的土壤上
爱得死去活来

第三辑

物外星象

城市中卖早点的人

每个城市的角落
晨光霞彩潜伏时
有一群卑微而辛劳的人
忙碌的身影
来来回回
向东
向西
或向北
黑色的影子
从夜到昼
交织的行人
驻足又匆匆
城市中卖早点的人
他们依旧有很多理想
却只能抬望翱翔天空的飞鸟

城有多古老
他们就有多老
可不同的是
他们没有颜色
没有声音
没有名字
城市的雨天，便是他们的雨天

城市的晴天，便是他们的晴天
城市的天黑，便是他们的天黑
散落在城的不知边缘
住满了
曾经鲜活现在死去的人们
即使发出亮光
痕迹不留地就熄灭了

于烟花绽放时落幕

张国荣
一个惊艳了时光，温柔了岁月的名字
在生死时速的轨道岔口
刻画下了你的样子
浮华一生，淡忘一季
在这个烟花四月
天空的蓝是另一种语言的蓝
我们模糊了这个世界的信仰
笑容不见，落寞万千？
那些年华，倾情尽演
从不轻言亘古
不泣离别？不诉终殇
弦思华年？
点点回忆，缠绵纠葛
亦如流水，一去不返？
徒增悲伤
他，于烟花绽放时落幕
繁华落尽，如梦无痕

乞丐夫妻

今生我们是相依为命的乞丐
缱绻在阡陌红尘的城市一角
乞讨在人来车往的闹区中
生活的坚强无以名状
命运的坎坷不敢言败
爱情的坚守相濡以沫
忘记了这个时代
忘记了一片天地
任周遭冷眼
只求立世于人间
风餐雨露
修天人相分的因缘
乞讨与爱情
此生，只为此生
来生为轮回的路
如果心中有血，就让它恣意流淌
如果心中有爱，就让它轻舞飞扬
我们曾存在
我们都存在

拉二胡的瞎子乞丐

失去名字的大街
只有产品在唱歌
一阵东风刮过
我听着他们
让一朵花红
干巴巴的眼神
在冰点与沸点间滑动
一个拉二胡的瞎子乞丐
闭上双眼，看不见
丑与善
弦乐不知悲喜
你不会知道
碎了的故事
像一头满街跑的猪
又跑又跳，又说又笑

拉二胡的瞎子乞丐
在城里
托着长长的影子
走在黑夜里
没有弦乐
天生是音乐
是情感

我走过去，塞给十元钱
不是需要一声有味道的谢谢
而我看见了弦乐中的自己

越南与女人

——致卢伟的河内见闻纪录片

越南，平凡的名词
刻画不出骄人容姿
年华，在时空中散去
梦回，而没有抵达的国度
遗忘在风浪深处，等待
只是阳光下一场追逐游戏

越南女人，动人的词汇
如生长在阳光下的玫瑰
写下了广袤身影
歌唱不朽
劳动是你唯一会做的事
宽忍是你甘愿奉献的秉性
家庭，你不只是女人的荣耀
越南女人，不仅仅是词汇
似花似海
滋养名叫“越南”词语生长
清浅浓烈的流质
穿越千百年的时空
朝着四面八方散去

画画，在山水之间安放自己

你站在泥土中开放
悄然隐匿于边陲
可山动水静
可纠结彷徨
我让一朵花开
它们都死了
来不及枯萎

在这个彩云之南的国度
我问你为何
你说　画画
在山水之间安放自己

颤抖的双手
偏爱线条的疼痛
我闻到一种气味
时而愤怒，时而欣慰
不怕冰冷的言语和卑劣的背叛

我牵着一头蚂蚁，流浪

四处张望
身体里有两头魔鬼滑动
一头生长于韭菜地
一头滋养于大棚
拉石子的汽笛唱响
我牵着一头蚂蚁
一头会飞的蚂蚁
从云端摔下来
哼着歌
一切都是新鲜的样子
从不害怕一种叫做“吞噬”的力量

我牵着一头蚂蚁
一头会游泳的蚂蚁
以蚂蚁的名义
碾压山岳河流
我在河底遇到一头愤怒的蚂蚁
扔一颗小小石头
呐喊声从天空中传来

大街上
我牵着一头蚂蚁
流浪着……

自己的样子

沉寂在斑驳的默片中
张望的距离置身于母体内部
写满心情的风扇，抗议着
跳转丰满的舞姿，独舞
三十年
播放着轮回的命运，不停呻吟着
我挣扎的探出脑袋
呼呼　拍拍　吱吱　啃啃
掴人的巴掌隐含神奇的力量
结了痂的伤口，奔涌到毛细血孔
某年某月某日，哼着歌说戏

世界醒了吗？
我半醉半醒，匿躲在嘈旧的瓦房中
对着蒙了灰尘的镜子扶整了下脑袋
用一种美维持旺盛的有机体成为通病
分不清走出家乡的路和出门的路
纠结时间带着我走，抑或我带着时间走
十年
核对自己的名字，不断
一遍一遍确认自己的身份
职员、民工、乞讨者、罪犯……
二十几岁的年龄走完了旅途

始终分不清：身份和代码
监狱和墓碑，是通向胜利最好的出路

幸福？原来是有模样的
苦苦求索，浮沉在黑夜的孤岛
带着智慧，铭刻下恋歌
一束光，带着流质光年
渴慕着，共心上人与时光深情对酌
赴一场约会，不用为爱躲闪
今年
此时此刻，我匍匐祈祷
曾经离开了，现在回来了，这是爱情
幸福，一转身快乐了无数轮廓
因为，你还在，未曾远行

寄给自己的明信片

问问岁月，飘了太久
一座城，一个人，一段故事
你是灵魂孤独的解药
那灼伤的手指弯成誓言
你安静作业，只因抵达明天
我在明信片上画下名字
一遍又一遍
找不到抵达明天的地址
旧旧邮筒弥散霉味
搁浅了繁华后的落寞
一张网彼此纠缠不清
传染了隐忍的爱情
我敞开了一扇门
邮寄给自己的明信片

悼纪

上帝开了一个悲伤的玩笑
嘲弄的人生，草蒹般凌乱、滋长
被抛弃的命运，涌动着肥硕形骸
‘我在’，喝不干一滴水的讥笑
终究
你被天神召回
灼热的年华，流逝在呜咽的河流
你悄悄躲进磁场的身影，阒无声息
至此
时间的哀叹，伴随蒿草收割声消失
游荡飘忽、何处依附？

痛彻泪流，我辈刍狗，仰面魍魉魑魅
始于毫末，终于荒野，惶惶应景度日
奈何，人间流浪，血液侵染
在生命轮回中找到你，却隔岸琉璃

你，游戏人间，仅仅只是夙愿
紧握的双手，不能坚定而充满力量
戏如人生，却成为悲戚的写照
你可知
祖母，苦苦搜寻一点一滴
努力把你一生收藏

默默祈求，郁郁地
单薄而茕茕孑立

弟弟呀
情深缘浅，落花离殇
被上天遗弃的人，凄悲哀怜
愿轮回中亦做将门侯
换一种方式与生命相遇

养猪，我就在这里

翻过一座山
来到养猪场和你约会，他们以为
脚下是生活的艰苦，臭气熏天
强颜如傻子般欢笑

养猪场就在这里，来或不来
仅此而已
这两个人不傻，只是坏了眼睛
只能远远地凝听梦里的灯红酒绿
镂缕金衣撕裂在猪吠中

猪，伸手就可以和上帝对话
容易勾引，容易失身
当你一步步远离时，声势浩大
仰望，成为平凡人的一种习惯
孤独、寂寞让你们在
时光的恭维下，释怀

所以，
来世，愿做一头猪
在轮回中
继续在养猪场和你约会
养猪，我就在这里

母亲

你只是个小摊贩，叮叮当当
裹着悲凉，一朝朝矮去；卸下姣容，一年年老去
你只是个小摊贩，絮絮叨叨
默默挣扎，一直仰望着生活，只因命运的荒诞；
寂寂搏斗，一直笃定着未来，只因信仰的可笑
你只是个小摊贩，急急躁躁，此生
煎熬着，白眼冷漠，四周都是墙围着，无处可走；
忍受着，嘲讽谩骂，看不见的方向遮蔽了岁月的结果
你只是个小摊贩，不言不语
勤劳、善良注定刻有轮回印记
今生，你连你的名字，都认识得模模糊糊
今生，你只做一件事，弹奏响锅碗瓢盆
今生，你只有一个希望，盼望自己的子女有出息
今生，想做的事情不知道，想去的地方不知道
……
太多的卑微，连成一片空白，涂抹一种颜色，热烈而灼灼
日月旋转，日子过的有些痛

兵荒马乱，坚信存在的意义
被选择的人，游戏着，无奈着
被抛弃的人，辛劳着，卑微着
我的母亲啊
你说：孩子，别怕，坚信生活的意义

此刻，你一定在操持着油盐酱醋
为了证明你的存在
只为岁月的呼吸
只为简单的一份爱

戏如人生

——悼念梅葆玖先生

笑掩江山，知春秋
流离情戏，痴不悔
梦诉家园，唱戏人
儿女情，英雄心
一腔调，两世人
悠悠回堪百年事
美人依旧，人沉沦

一朵花红，映霞边
空谷幽兰
华茂不知多少年
水随春逝去
虞姬　西施
自述自泣

吾辈不知戏如人生，亦人生如戏
闻达人登仙归去
钦佩然，心哀其志

纪念幸运的屈原

你早就想好了。生命如何表达
悲怆、孤愤、痛楚……
汨罗江的一跳，融解了一切
生命和岁月一起流淌

怀念啊，这是通病，没得救
三闾大夫，幸运呀，连上帝都眷顾你
世人心明如日，而你偏执，顽固
你的事，就是吃一般的小事
一个粽子而已
捆绑的苇叶，只是束缚你的枷锁
三两下，拨开外衣，松绑了你
晶莹郁香，你散发的内核诱人
吃着，吃着，就吃出了思想
人嘛，总是需要一个标杆
你的执着，换来了节日盛宴
你真是幸运的
因为孤单，因为唯一
可是
后来，再发生这样的事情
人们连吃也不谈了
只是无可奈何，叹气两声

知道吗。你的幸运，让人嫉妒
你差点随汨罗江一样，掩没在地图
或许，人们发明了新的秘方
毕竟你是有来路的，也是清晰的
你和汨罗江，成为象征和表象
你的事，仅仅是吃的小事
不过，现在品种多了
人嘛，不能总在一个标杆的吊死
吃粽子，只是应应节气而已
……

曾经，我仿佛来过，这世界

水墨晕染世界的颜色
岁月涤荡，轮转今生
花开灿烂，琴瑟眷念
落叶夕阳，酒酣沨殇
南城北国，风烟流年
欢，一生荣华，一生风流
哀，一世沉沦，一世忧伤
仿佛，行走在你的世界
轻舞飞扬的温暖
空谷幽兰的传唱
流淌一个世界的味道
梦中，灵动翩跹，烟吹不散
梦醒，铅华染尽，烟花落寞
曾经，我仿佛来过，这世界

在人间

穿越每一座城，仓促无痕迹
留不下世间繁华
承认了吧
只有不断地离开
才能从远处看得更清楚

在人间
学着会生活
背井离乡，远天底下
我挣扎在无结果的童话里
有条魔幻的妖蛇，环视周围
我闷着头，往前走，一直
不敢回头

在人间
学着去相爱
我走近了，悄悄地
哎
可见，而不可触摸
在她们眼里
路人，终究会被遗忘的
远行，成了相依为命的爱情
哪怕

再尊贵的客人，也要离场

在人间
我隐藏了所有的情绪
在巨大的现实容器里
界限里外，注定了
秩序击穿了一切
我
孤独，移动着

你在绿城，我在北国

遥遥相望
天空下吟唱爱的信仰
我们相遇永不离去
我们割开时光的身体
把相思的心情碰向银河
你给我一分缘
保持安静的姿态
那不是琉璃的彼岸花
是今生最美的邂逅相思
时空纬度下
你在绿城，我在北国
我的心翻过黄河越过长江
与你相拥
你的美好让我鼓足勇气
大声说
亲爱的，情人节愉快

我们，相约青春

那年，流光灼灼
我们约定木槿花乡
放逐生命，追逐理想
青春在上，年月在下，歌舞伴左右
泼墨挥洒，抒长卷，指点江山
我们狂浪地笑
盛放，你极妍的姿态
来吧。我们相约青春

那月，如花沉香
南湖幽幽水
像情人的唇，温暖体温
那困鸟展翅的红楼
我看到了洛可可艺术那令人亢奋的光色
一杯茶的午后
倒影着布列松眼中的影像
一直开成黑白
来吧。我们相约青春

那日，心如满月
我们的爱情在年轮的交叉口相遇
那尘埃中开出的花
闪着接引我们到银河的星光

校园的缩放
天空飘着螺蛳粉气息
我们的爱情
调剂着各种辣味
田螺姑娘呀
虚幻的彼岸花，生长出琉璃果
来吧。我们相约青春

那时，义如浩海
自由，解放了
我们张开双臂仰望天空
在槟榔树上写下交如鼎的友谊
一根烟、一杯酒、一场游戏

我们的情义，彩虹般闪亮目光
浪漫的，混乱的，穿越的
一世人，煮酒品茗争朝夕
来吧。我们相约青春

这时，轻笑红尘
一把刀
让我在追逐你的日子中尖叫
我想，来吧。我们相约青春

放牛的老人

一人一牛，一前一后
头顶的白云翻了个身
不关风花雪月
穿过通往他乡的田埂
放牛的老人
认真地爱着这块
离天堂最远的耕作之地
啮草的牛，沉默不语
花开草枯，摇曳的生命
害怕在另一个世界孤单

老人和牛
徐徐地走在没有季节的路上
低沉地叫声
喊不出一个人的名字
热闹的村子
描画着手指上的月牙
只是拼命用尽全力
跪拜了一生

一碗饭

一碗饭，四个人
那是田地间
父母眉毛上滴下的汗珠

一碗饭，三个人
那是工厂中
人们披着的变色衣

一碗饭，两个人
那是城市中
孤魂游荡的碰撞

一碗饭，一个人
那是心灵中
你对上帝肖像的描绘

一碗饭
冷冷地吃

雨后 · 记忆

雨后，新嫩时光
流过悸动的道路
空气裹挟会呼吸的线
隐匿了车辆记忆的擦痕

透过水珠的花影
来不及喧哗
与一颗颗等不下来的心，擦肩而过
莫名。站在高处
望着一座城市默默哭泣
记忆起。心的柔软

江湖

彼此淹没在汹涌的人潮中
一首歌从这里开始
不知谁在歌唱
不知为谁歌唱
不知歌声流向哪里
没有人知道游戏什么时候结束
在江湖中闯荡
一颗孤独的心，痛苦着
如此残忍地撕裂开

我容身于江湖
为了美好庆祝
为了诅咒搏击
一种未知性可能
偏颇的眼光，消隐
在繁华的喧嚣中
脆弱易碎的心，敏感着
原罪深深落寞
江湖
从这里开始
在这里结束

城的影子

在真彩的世界里，寻找着
一种叫作黑白的光影
飞不远的纸飞机
穿过一条街的温柔
镶嵌在孩子的笑脸上

透过指缝
锁不住，眼中的色域
流动不安的小巷
缩影着城的文明
熙攘着
一个个朝圣者，讲述
那时妈妈的故事

在真彩的世界里，寻找着
一种叫作黑白的光影
背着书包，奔跑
抖了抖隐形的知识
在摸不到的浪潮中发笑

满山，血液恣意流淌
杜鹃花拼命地伸出头
挣扎在远离尘嚣的山头
发生令人疯狂而迷恋的狂笑

人为什么总在仰望

透过指缝仰望星空
灰蒙蒙，时光的杰作
那种污秽是希冀
生命流过的痕迹
毁灭，无法形容的多
人为什么总在仰望
唯心，宿命，注定
恐惧地走向圣坛
守住太阳的秘密和笑容
伸手摸到了佛的智慧
在飞翔中
我拥抱太阳和爱情
月亮绕着玫瑰花旋转
蒙蔽了纯粹的幸福
在仰望中
人们不停地繁殖
因为
人总在仰望

影子在内

心在外，影子在内
触摸不到的规则
影中有高山日出
影中有河水夕阳
有人说
那是言语窥探不了的生活
心在外，影子在内
进化中弄掉了的信仰
影中诉说 35 瓦灯泡下的冗长
影中漫谈 100 度水壶中的烟雾
有人说
那是命运剥离不开的洋葱皮
心在外，影子在内
火烧中都可以看清枯草得意的笑
呐喊时都可以嗅到圣人倔强的哭
诗歌呻吟下的妖冶
有人说
血液里长开了影子

火车上的断想

风光浮掠处最是深情
草碧斜阳情难关
屋宇新旧法难度
心中捭阖昨非昨
闯闯荡荡今依旧
金光佛面反转山河影
仗歌独行翩翩然
不回头
平心而行

我梦见了你

——致好友

散落着，彼此忘却
好久。梦里再次邂逅
习惯成为回放的影像
相机睁着眼睛
神情惊讶、欣喜，或疑惑
相聚蒙上厚厚黑丙烯
夜空下，为你塑像
剥落了一层一层
忘记黑夜中的日子
撩起着生命的档案
在阳光下承受苦难

一直走
消失的你，在梦中
倒影交错，刹那
心被撑开。一种格局
见与不见
洗白的身影
最是温暖的结局

我看见一只穿鞋的狗

我的肉体活在现代世界
游走在大街上的身躯碰撞不出火光
看见一只穿鞋的狗
伫立着，抬头看着冗繁世界
看，亲热地搂着肩，谈笑着
于心灵的转弯处
背着对方，指骂着
游走的肉体被抛弃了
而灵魂活在古代
遥望不到未知的心灵
鹤立独行的人是危险的
被抛弃的人是安全的

我看见一只穿鞋的狗
孤独地，穿梭在车来人往的路上
自由地，寻找无聊的伙伴
憎恨着，奔跑戏耍
穿着鞋，我的孤傲和矜持
他人永远是一个障碍
自由的时候感到无聊
约束的时候感到不满

一只穿鞋的狗
从灵魂中看到上帝的肖像

写诗的女子

写诗的女子，笑着
从很远的远方向我走来
脚踏彩云，身披霞光
她深情歌唱
春天不敢不睁开眼

写诗的女子，笑着
从很远的远方向我走来
抱着诗卷，捧着美酒
她深情朗诵
冬季内敛的情绪张扬了

她轻轻一笑，抵达了我的梦
我的爱情被你拿走
种在，写诗的男人心里
跨过时空
我们在虚拟的爱情里，爱着
死去活来

低头

低着头走路
只为一场美丽邂逅
纷纷低头
从拾起一毛钱开始
敞开了可能性世界
意料外的故事，不是你

低头并不是为了逃避
酒瓶装酒
不是为了饮用
在能够达到之地
只因为思念

低头并不是为了羞怯
何时何地
只因为寂寞
纷纷低头
从孤独出发
进入泛黄斑驳的世界
上天注定
我们无法逃逸的命运

太阳雨

——致毕业季的同学

六月总喜欢许下离别誓言
昨天你指着他
捂着嘴偷偷笑
下午，我们从梦中醒来
阳光一直不开口说话
人们说着笑着，布展
墙上挂满歌者的作品
却没有说出一句话
突然，天气开始变化
太阳也是孤独的
雨会一直下吗
四周静悄悄
我的同学
你正离去
一刻不停

昨天
我们躺在校园的草地上
张开双臂
仰望星空
互相倾诉着

今天
下了一场太阳雨
说来就来，说走就走
载着满满地心事
控制不了自己
伴着重金属的卡拉 OK
狂欢的人们异常激动

誓言在告别时蒙上了尘埃
爱情镌刻在计程车的发票上
岁月随着人群漂泊
太阳雨，六月
惦记着每张即将离开的脸庞
朋友
你正在离开
停不下来

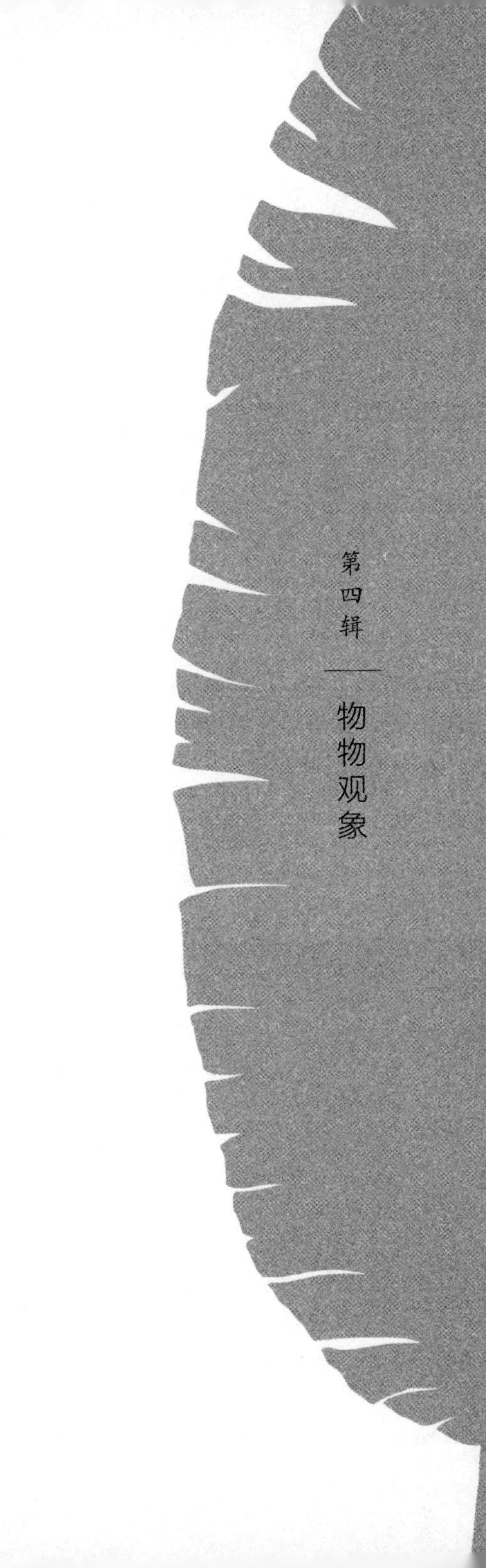

第四辑

物物观象

诅咒的荣耀

目光企及
内心接触世界的全部触点
阳光下，金色荣耀辉煌
我依靠着它，自由生活
诅咒，醒不来的意象
吹嘘忧郁的本质，疲倦着
时间死了
在逃亡青春的路上
长天注定，那是命运的劫数
像树杈一样脱开偶然
躺在了花开的灰烬上
只有，被诅咒的黑夜
划伤的荣耀，不会消亡
黑暗延续下
追寻着
普罗米修斯带来的火种

逆着时光走

逆着时光走，穿梭昨天的虚幻
揳入命运荒诞的橐
唱着昨天的歌
注定沉沦于嘲讽的自由
山长水阔

人间烟火
我的情人呀，与你深情对酌
星光下的爱情，随摇曳的灵魂泅渡
祈祷，不染时光的哀叹
一转身，明年的油菜花。开满家乡的山丘

我在寻找悲智与爱情途中修行
隐没在寂寥火焰的浮沉中
一束光，牵引着命运的悸动
我从明年的路上，走向今天
你与世间光影斑驳交错，诉说长久
洒落一地的故事
我静静地看着

逆着时光修行
便是一场爱情造化

爱的指南

氤氲的光粉饰着孤岛
乌云翻过暗巷沟渠，就会死去
杂草飞速奔向内心荒芜
等待，界定、去芜，焕发光彩
缺失而闪耀的心影射此世的盼望

用一支画笔可以装下的野心，走向你
美妙裸体穿越指南地图，凝固的眼泪
穿上荣耀的外衣，陨落在荣耀中
我寻找你，就在此时此刻

阴郁的沉默，滋生了头顶的苍白
在葡萄酒中一点点掉光了所有的奇迹
我想你
悲戚的洪流闪耀着拥抱抚摸的卑微
可是，向天空一伸手
就能亲吻你的脸庞

瞧，有片云彩流浪

裂缝外，目光与太阳邂逅
瞧，有片云彩流浪
丰满的羽翼，折断了
攀缘画笔下的荒诞轨迹
你谄媚地躲藏着时光的驱赶
穿着形色的衣服粉饰命运
我牵着你
在老鼠打劫的日子里，流浪

拳头紧扣呜咽的咽喉
一个人，静默看着梦的夕阳
挣扎在一眼望不到头的巍峨群山
彩云努力雕龙画栋的烙印纹路
空寂的天空，四周往哪走都是一片空
瞧，有片云彩流浪
一直在别人流浪的路途来回漂泊
我牵着一片云彩
在他人幸福的慰藉中，流浪

白昼微醺，碰见了行走的瞎子
我牵着一片流浪的云彩，相遇
黑圆圈中笃定的声音响起
“瞧，有片云彩流浪”

演戏

生活的荒诞是内心的真实
戏里戏外，一如事物的两端
世上的美，滋养着多少罪恶
在糟糕的天空下，勇敢地，
质疑和执拗
在洪荒的倾轧下，默默地，
忍受和顺从
轻易就钻入了愚人灵魂的缝隙

我在戏外，极目张望
现实撕裂着躯干，绞杀着血肉，
层层剥离着，一直……
清晰地看见干净赤诚的灵魂，
对我来说又能改变什么？
即使纯真的思想散发着历史的光辉，
锐利的目光一眼看穿你的内心
哎，一切徒劳。我只是小心翼翼的看客

我在戏中，左右舞蹈
惶恐不安分辨着，对与错
害怕有一天，迸发出勇气
在眼泪的祈祷中，横挡着
残酷的距离

对我来说又怎么跨越出去？
我只是裹着一根线牵扯的皮囊
呻吟着，永远没有结果的哭泣和挣扎
悄悄地埋在坟墓中仰望星空
看着一场场戏

发呆

我坐在兵荒马乱的城市发呆
光影斑驳亲吻着我
欲望的河水深深隐藏着
日出，日落
时间在光圈中流逝
触及的历史散落一地

我在谎言已真的时代发呆
一根线照拂了万千情绪
傀儡，
莫名的形态，成为岁月的代言
我在悲智的纹理下匍匐
边界，画家笔下的一根线
原来
我们重来没有离开过童话

我在仰望星空的心灵发呆
繁茂的朵红，终究枯萎
走在你走过的路上
我声嘶力竭
抵不过一个圆圈

我继续在一个圆圈上
发呆

晴

晴，丈量出来的心情
时光的影子隔阂一条河
芒果掀翻命运的齿轮
有深有浅
我们在银河的光束中舞蹈
摇曳的姿态，站出孤独维度
聆听到一颗心的安静，
卿本佳人，我如来
仰望江山风雨
寄语逍遥，天下有雪
走过千山万水，却走不过你

晴，因果之间的印痕
一个少年分不清琉璃花
家乡夕阳，踏着梦幻的歌
把万丈红尘的身姿拉的悠长
一个笑容
定格了最美的风景
我只是我
你不只是你
心情开始埋葬
在那光辉灿烂中悄然退场
我们的距离不仅仅一条河

晴，一种有温度的天气
芒果盛开的季节，那是绿色的
一种无法逃逸的相遇
我眷恋着生如夏花的炎热，
可我更喜欢有雪的冬天
那是你生活的城
暖洋洋，相随不相依
你悄悄走进我的世界
我已落泪成殇

沙粒（一）

你是寂寥的，被遗忘了
你在此，海在彼，永不相识
你婉拒了海浪的歌唱，对抗着
卑微而渺小的生命，忘记了
你亦是古老的
记得
你属于谁
你不属于谁
你的寂寥，是西西弗斯的抗拒
在注定的秩序中
一语告白
又欲沉默

你是忧伤的，被遗忘了
你在此，风在彼，永不相见
说好的，内心缄默
此在，注定无法逃逸的宿命
无法谢绝炙热疯狂的盛宴，贪笑着
你亦是傲慢的
记得
你讲述了故事
你没讲述完故事
你的忧伤，是普罗米修斯的不甘

在轮回的命运中
因为妥协，你身披神的荣光
因为抗争，你是忧伤的，被遗忘了

你是你，又不仅仅只是你
你是你，在静谧中安逸
黑夜中坚守秩序与命运
却不知由谁来决定
你不仅仅只是你
在风雨对抗中搏击
最终，只留下忧伤，因为
渐渐地，这时的我们
在无声中失语了

沙粒（二）

孤单，很碍眼的存在
可是
很多事情发生在他与太阳的对话中
很对事情消失在他与月亮的呢喃里
他看穿了历史的起落，一个黑洞
他看见了岁月的流淌，一条河流
那又怎样，没有人喜欢他
因为平凡、孤单、无价值
哪怕一坛酒，也要清香四溢
哪怕一锭金，也要光彩夺目
他，孤单，碍眼
……
多年后，他价值连城，熠熠生辉
他有了珍贵的名字，珍珠
因为偶遇
他邂逅了贝壳
他们相互包容，看到了星光中普世的不朽
他们相濡以沫，听见了银河里千古的信仰
那又怎样，没有人在意他们
因为表象平凡、孤单、无价值
可是
当他偏执地睁开睡眼时，惊讶了
他有了不朽的荣光，他们都是美的

他，高贵，华美

……

只是

有了太多同样的他

他的高贵，在挣扎中无声的掩没了

世人再难以看不到他，照亮灵魂

或许，沉入轮回

或许永远

无声

右手的天空

恍惚间，向天空招招手
仰望着，无限天空下的一片灰暗
呼吸着，一切流光溢彩
辩证的理由，看来只是无语的笑话
神都不能呼唤回来，无喜无悲
吟唱的人，穿着华丽的衣裳
供养着心中所谓的神明
小丑都是谎言最好的说客
神将我的右手召唤
麻木无力
鬼知道我经历着什么

幸福的结局

泛黄的心情，被时间抛弃
华美故事遮掩不了灰头灰脸的状态
同病相怜只是无情讥讽
我趴在墙上，躺在桌子上
目所能及，彰显自己
可是，哪怕一句附和都是奢望
静静地，沉沦在尘世，无言无语
隐退在时光的角落

若干年后，有人若有所思
她美丽妖娆，只不过是曾经
永不消失的记忆。终归沉寂，遗落
继续将日子过的沉默，无聊，又一切自然
海里的贝壳，天上的风筝……
望着一群群过得孤独的人
温暖每一个人。伸手。却无视
也许
消逝在世界上
是最幸福的结局

黑圆圈

所有荣光在黑圆圈中崩裂
阒静的纹路盛开，相互撕扯
我带着影子游弋在一座城
追寻你抵达过的曾经
你的嘶喊是年华，眼里是黑色
你在这里，你无影无踪
望了望天空
蔚蓝成了一种忘却
低头走了一程
心情，装装样子而已
黑圆圈是有魔力的。妖艳，自我
从回头的一刹那，你诱惑了我
我们毫无交集
我们千丝万缕
道天地虚妄，一黑圆圈

寻人启事

我丢了
发生在日常和平静
什么都没有留下，影子也没留下
隐约瞥见有张寻人启事
寻找，眼睛曾经很干净的男人
简单，特征鲜明
谁见过这个丢失的人？
……
因为
说不出来的，都是好的

我不停地移动
当每盏灯瞌睡时，允许了
面对面看着寻人启事
这是寻找我的吗？
怎么，描述模糊不清
或许，人话多，心就空了
已忘记了自己的样子
我，和他微弱浮尘，喘息着
……
大街小巷散开着
寻人启事，它
将是看着我死的人

选择

虚无，在时间中长吁短叹
认真的人，全身冰凉
一颗心不停地交易着情感
跌跌撞撞，生活分割了一块块
变幻的谎言，豢养了命运和归宿
我毫无选择地搭上船
乞求在阳光中，开显智慧的纹理
哪怕风浪，也能构成慰藉的浪漫
可是
我是一个障碍，是一个地狱
爱恨情仇，系根无形的线
或许归顺
或许抗拒
我站在命运交织的网上
沉沦。未知。掸也掸不掉

于是，我收拾心情，等待选择
……

生活

生活就是一种等待
醒悟时
等待，成了此在归宿的意义
所有言语，看客似的廉价笑话
忘记了，悲戚的结果
生命的原点，开始延展
我站在人潮里，一颗“吟咏”的心
学会等待
一种种搁浅生命的等待
生活开始了拉伸

生活就是一次冒险
开显时
冒险，成了我与世界交流的联系
我的平凡，在伟大的时代，幻想着
用肉身努力靠近，不断地
留下了认真思考的伤疤
要么什么都不是，哎，没有可是
我蹲在圆圈的影子下，一颗“颂扬”的心
学会冒险
一次次游戏人生的冒险
生活暂停了可能

生活就是一场告别
自性时
开始的界限，意味着生命的割裂
描述的繁华，粉刷了星空
倾诉的艰涩，流淌着，完美，自足
扁平世界
和圣人告别，和历史告别，和心灵告别
和师友告别，和亲人告别，和自己告别
我望不见了　远方
我在秩序构建的关照下
学会告别
一场场谎言盛宴的告别
生活漫长了
……

无声的悲鸣

腐朽的身躯拼命绽放
广场上，一群人
力图摇曳出花开的颜色
时光的孩子都在跳舞
在此，沉沦
在此，死去
噢
那是亘久的日子
再也不愿意醒来
他们似乎知道什么
他们似乎不知道什么

温暖的生活是一种悲鸣
我们都失语了

欺骗，向你走来

向你走来
出门左拐，星光呢喃里隐藏了苍穹
双脚站在泥土上，喷射着心的热度
可能吧，我回头已看不清迷雾里的村庄
毫无意义的舆论，占满了生活
拼凑的概念游戏，填满了心房
你的欺骗，消融了我思想外的所有

欺骗，如事物的两端，是一种真、善、美
星光隐匿于璀璨的灯光
无限放大了我们仰望的天空
这样吧，沦落着

向你走来
我只身漂泊，离开村庄的那刻
辗转着，分不清人最大的悲哀是什么
被欺骗着，不思悔改
这样吧，沦落着

其实，这宛如生机勃勃的绿草
我们的生活也生机勃勃了
噢，别怕
孤独的思想
欺骗，最不喜欢的就是孤独

历史是寂静的

你们都是寂静的，任人端详
那些轰轰烈烈，已经杂草丛生
遗忘在风吹日晒的古朴中
久了，重要性褪色了又模糊了
被忘却的，感到满意、舒服、自在
你们尘封为自然的一部分
偶尔翻翻那些刻骨铭心
和照片一样都是寂静的

从未触摸到你的心情、体温
也许被抛弃的，永远是最安全的
时光是一种秩序，永远是崭新的
把不用的放到角落，慢慢遗忘
把能用的不时拿出来晒晒
习惯就这样慢慢养成了
记忆，成为一种集体的游戏
真实，成为寻找英雄的颂歌，

我活着，心存疑虑
过去，淡淡的，忘记了初始的感受
现在，忙忙碌碌，融入一种秩序
将来，成为画面中的寂静
也许，一切都是寂静的

立夏

我毫无准备，你就来了
你忒得性急，你忒得暴躁
你疯狂的撕咬着夜
奔涌的血，狂跳的心，兴奋着
撬动了支点，倾斜了地球的目光
多少潜伏的时光，从身体了爬了出来
你加冕了时间的王冠

今天，白昼
阒无声息的脚步
从鸡犬的争吵中
从乾坤五行中
踏过，季节的拐点
送走了春天和一些人

我和所有的人一样
吃饭，工作，学习
阳光照射细小的血管，默默看着
摸了摸手机，知道你来了
这意味着，双脚走得太慢，你
离我很远
离我很近
我们知道要发生些什么
我们不知道要发生些什么
……

安慰

这世界的庞杂未知，为血液翻滚着忧郁
坐等一杯水里的朝晖、余霞
空白、白天、白色爱恨交织着；喘息着
一个贪婪的心，抹杀了生机
他人的悲智，为我参照世界的标准
边界随时光的飞沫摇摇晃晃
哗的一声坍塌下来，不堪一击
给不了你任何思想，什么都不能
依旧笃定，有些信念要坚持

梅雨时节

阴雨脾气善变不知能把心情拉得多深
遮蔽的秘密都穿上了花枝招展的雨衣
故事重复了又重复，青山袒露着感受，亘古未言
雨水从昏暗到敞亮，走走停停，不知疲倦诉说一切：

执着，信念，痛楚，无奈
无序而纠缠，徘徊在神经质的两端
相遇，是我们存在的真实谎言
还有些词，善良而美好
慰藉着我们的无所事事，妥协了

你走过的路，我跟随着
你去过的地方，我也跟随着
你内心的宁静，烙有你漂泊的痕迹
我已经回不到初始点，触摸不到了神性

阴雨如月光的影子，不断涅槃
这是心灵结构的代码，不同的标点
顿号，逗号，句号，叹号……
你总是在点点滴滴里喋喋不休
对于不能说的话，仍不能保持沉默

西北大漠，我能否追随你的步伐

追寻大漠孤烟，长河落日
我听到传来呜咽的声音
退回内心，在天地间匍匐觐见
一千年的日子里
我热力四散，穿过一切障碍
雷电交加，激情地说
“我在这里”

小时候去到了一座城

须臾间，火柴擦亮了质朴的目光
墙壁留下了时光揶揄的青色
鱼儿肆意蔓延的记忆，变得悠长
石碾碌压起时间，变得沉默
牛儿撩起了，溢满爱情的菜田
炊烟成了一种仪式，生活啊

无忧。欢乐。村庄，小时候
那是我生命的状态，毋庸置疑
仰望星空，那是我旋转的中心，不停

沿着天空的喉结，唱着开心北极星
我和一座小城彼此抚摸，呻吟
模仿着原初的风花雪月
纠缠着又甘心着
仰望他人，那是我飞翔的目的，不断

小时候去到了一座城
汹涌澎湃，一次次
穿越吧，时光发笑了
找不到仰望的物理坐标
突然，碎了一地，梦啊
重新拼凑，一遍一遍

黑夜，乌云席卷，荒凉处有闪光
躲在影子下，我不能左右星光出没
却隐隐看到笑脸，我的小时候
去到了另一座城

那是一种孤独

为了寻找它，深信不疑
我还来不及准备好就已经开始了
身体隐藏着光亮的发动机
顽强地串联背叛与记忆
思想是贪婪的，制作谎言和幻想
那是一种孤独，本真存在着
卑微又疼痛

我搭着躯体的列车，奔走
与一座座城碰杯，如此柔软啊
始终笃信，坚守信仰
所有新鲜味道，消失了，慢慢地
发霉的细节反复浮现
眼睛晶莹剔透，结了一层层疤
那是一种孤独，本真存在着
无言又寂寞

我喝干孤独
是的，在黑夜的角落独饮
颤抖的血液在戾泣，嘲笑着风
那是一种孤独
紧紧吻着你的唇，紧紧地
此世　此时　此刻
那是一种孤独，本真存在着

痛

痛，体验，抑或欢度，无以名状
日子依旧，恐惧秩序的边界；早已忘记
杳杳人潮，此去经年的方向
我听见太阳笑了，无迹可遁
群魔乱舞，在魔幻的现实主义
水声远离河岸，稻田沉默荒凉
痛，依旧，未留下迹踪
我看见了日子的伤疤

那年，转身离去
枷锁，未割裂开；假惺惺的
奔跑向泥沼的胜利
困囿着。青春又暮年
千万里我怅然回看
心空，生长出阴阳
痛，裂缝，疯狂；理所当然
日子隐藏着，一切虚情假意

我的北方

南方一棵树，冻死在冬天的北方
干巴巴的天气，冷风，雾霾，干旱
时间冷了，心放不进屋子
只有盆与阳光纠缠不清的栀子花
过了很久
开花的绿叶仍在精彩
枯萎的仍在腐烂

今晚
气温很低
喧嚣的世界也安静下来
栀子花依旧悠然活着
而院子里发生细碎的脚步声
这是母亲一生的意义
滋融了眉毛上的冰凌
温暖了时间

我的北方
因为一个人，眷念你一辈子
栀子花盛开的在精彩，枯萎的在腐烂
你的盛开，天自安排

恐惧

我恐惧黑夜。虚掩一切真相
无序，无际，培育着荒芜的心灵
黑夜随幻觉和孤独，悲欢交喜
任意摆弄无边隐秘——坦然，自得

清冷的月光，我总是忘记是你古老的
我对该发生的不发生的事而恐惧
世界是没有意义的，愚蠢的
希望是无可救药的病人
幻想着
通往终点的繁华
忘记了
黑洞深不见底

我深深地恐惧着
因为目光的短见
我为看不见的信仰抛弃
心灵的纹理构建了谎言
分辨不清
……
渐渐地，也就清晰了，有力量了
就这样
恐惧，延伸着一切

恐惧很长，深深浅浅荒诞着

元旦

转过身，死去
他被判遗忘之刑
时光把他拯救出去
记录下死掉的琐碎

宇宙之光，忽亮忽暗
啊，你的存在是无序
快走吧，等级秩序

刹那光华，又复活了
他重回人世
夸赞我未知的生活

口渴

渴求。甘甜的味道，还来不及和思想打招呼
混沌的灰啮噬 37 度的体温
一束光把你的温润恐吓走，口渴呀
瓶子里水，在安静的时光里摇曳
那是原罪，我无法原谅

渴求。陌生的世界，载着放大的生活远遁
一瓶水，5 元钱，日子被遮羞
口渴呀，看到远处倒立的人
内脏干瘪，紧紧地要把放纵攥握手心
危险呀，在人潮的白昼里
那是原罪，我却原谅了

水呀，多色的，不断变化
一种颜色从我身体里扩散，逃出城，没了边际
买一瓶水，因为口会渴
口渴了，时间 24 小时便在瓶子里摇荡了
看吧，有人跟随影子消融在无序的嘈杂中
那是原罪，却带着水的颜色

绘画

路过。与界限的无理中遇见：绘画
新的心情散发着怜悯
神圣。肃清

文字游戏试图把才华蕴含进绘画
用去了短暂的一天
从灰尘中探长出绿叶，从精神上生长出枝丫
召唤阳光的来临

知识结构力图把意象融入进绘画
用去了短暂的一月
从无形中察微观色，从无声中辨识聆听
烙印痕迹，拾起第二个生命

心灵结构敞开灵魂照亮绘画
用去了短暂的一年
从情智上开出花红，从悲纹上开出幽兰
秩序，或者裂缝，清新而美

我们悲鸣。长泣于悠远漫长的一生，寂寥，孤单
渐渐学会如何告别，等待
不过是反过来，画着它的短暂，繁华

路过
不断相遇
来不及停歇
绘画，描画了所有过去

褪色的光影

记忆深处有你的画
从摇曳的芦苇到落水的桑葚
一切都是偏绿的
人们津津乐道着现代化产品
我在你的画布上看到了恍惚
时光谱错了位
呐喊在视频停顿中斑驳
褪色的光影
呓语凝望不到的梦境

画笔描述不出你的颜色
一盆种植的花红成了风景
我为树画上一片绿叶
当画笔可以呼吸
褪色的光影
马路上的变色龙四处张望
觅寻修路时丢掉的黑白电影
静静的
死于他的时代

漂泊的诗

繁花落尽，如梦无痕
诗的轻舞，亘古蔓延
注定的漂泊
拉伸了生活的距离
那雷雨交加的夜晚
柔甜一吻
离开妈妈的体温
清晰的假想敌
就为你在佛前
功德圆满
南国冬天
藏四季与爱情
飘忽不定
只为落雪的思念
一枝梨花沉默
终是笔下写薄的诗情
北风中，速写画像
等我梦中亲吻

漂泊的心
听不见哭泣之声
鸟飞到消隐的远方
与诗流浪

漂泊在天地间
悲哀的尘缘
手心中温暖不出一朵花
安静的如一首诗

生活是孤独的，这是我的不对

路是天空的倒影，楔入炙热灵魂
不曾改变的少年，用勇气傻傻等待
用眼睛去丈量的世界，跑不到尽头
呜咽中最终留不住的，学会告别
生锈的时光，隐隐作痛
问佛，问命运
把自己种在春天的寓言
我们等待，低着头，沉默不语

执拗的青春，一眼望不到头
甘霈裹挟的忧伤，浸染了回忆
音乐涤荡着繁华，不动声色
在人山人海中，我走失了自己
懦弱的挣扎，分割了手掌的密林
终散落了，在不同的角落
余生的欢笑打了折扣
像人一样的人活着

生活是孤独的，这是我的不对
我爱你
痛彻心扉地无以言说
寂寞的冬季。天下有雪
谦卑苟活的人，在远方修行

我只是想住进带露台的房子
人世间，无数的罪愆要偿还
……
日子从黑暗中，向着光亮的地方前行

走过一条街

晨光微醺
市坊间夹杂着欲望后的静谧
冗长的影子不停穿越
角落。杂草丛生繁茂
掩蔽了蓝天下的厚土
那里埋葬着一些岁月和真相

路过。动物园
雕刻的物像
我似乎在时光停顿的某一刻遇到过它们
斑驳的时光也逐渐逝去
走过一条街
寻找刹那，辉煌
任上帝于我痴笑癫狂
只为你，风轻云淡

聚会

深呼吸
沐浴生长的岁月
吸附城市的光
往前走
静美岁月绽放在夜色回忆
此时此刻
我无与伦比
是尘世间的王

可是
午夜一点的钟声
敲响太多繁琐俗物
摇晃的路途
带着腐朽的气息
在滴落的酒精中
倾诉半生的沉沦

因为
繁芜的深处
拨弄内心的悲鸣
翻山越岭
凝固秩序中的光阴

成为
隽永的记忆
唱着璀璨的歌谣
转动另一片苍白

探友

四月的天空，我紧紧地搂着
人间啊，柳树绿了，木槿红了
时光灌满了风
我心里有列火车
农民，摄影家，银行家上上下下
五颜六色的梦是不倦的流水
从被爱的地方到爱的故乡

拎着一瓶瓶酒
身体呀，多大的容器
装着酒的度数，嘶吼着
时而保持沉默
在目光能见证的地方

去向何方

你说，该去向何方
崖壁上竹子生死相间，能懂
光影下，雾霾流质
掌纹中盛开荆棘花
走在你走过的路上
轰轰烈烈，奔向英雄业绩
穿越千百年的时空
朝着四面八方散开去

在诗歌的世界，把自己安放（后记）

一

写诗，是探寻匹配自我情感的宣泄或排解，以在场和拯救的方式，在失语的国度里愉快地获得新生，亦痛苦地对抗着一切肉躯的软弱。所以，在变形的生活中，我们每个人都或企图敞开成为诗人的可能性。

二

小时候，随着父母经常居无定所的搬迁，对事物的认知有一种无意识的生成和呈现，这是被迫无奈下先天思想的胚胎发育，但注定是痛苦的，又无可奈何。上学那会，在被迫式的学习中个人加注难以抵触的沉重包袱，不甘、压抑、痛苦成为个人心情的记录，久而久之，喜欢上通过记录日记来关照自己弱小的心灵。第一次在书本上看到海子、舒婷、徐志摩、泰戈尔、普希金、聂鲁达等诗歌，感觉他们是潇洒浪漫的人，诗歌是华美的精致的抒情的，可是了解的越深，越清晰感受到他们是面带微笑却含着泪在诉说，让人能感受到疼痛。对我来说能够让人感到温度，感到疼痛的诗歌才有意义，才是真正的表达。

学习是一切任务的根本，写诗，尤其是现代诗歌，被认为不务正业，那时很心灰意冷，随着高考的名落孙山，似乎命运无法逃逸，倔强的我愿意为自己松绑，因此我和艺术开始结缘，学习艺术创作的理论。我尝试着用诗歌去记录和表达，我对世界的看法，我对现实的思考与反省。

三

远方，有自己迟早要到达的地方，冥冥中有根线牵引着我。我到“绿城”南宁求学，大学对于贫寒的学生来讲，就像“刘姥姥进大观园”一样，新鲜、享受、刺激，在理想与现实的交织中，我们的总是会向强势的一方妥协，车水马龙、灯红酒绿拴住了一颗颗狂躁的心。可是人越成长越寂寞，每次狂欢后，就感觉自己很孤独，我所经历的现在的愉悦其实是一种苦难，就像20世纪初法国荒诞派喜剧《等待戈多》《变形记》，硬性的是经济的欣欣向荣，其实都是对自然资源的恣意妄为和对自己身体肆意摧残；软性的是我逐渐失去了理想追求，失去了向往和美好的东西。

也许为了奋发图强，抑或为了逃避责任，我义无反顾地前往“春城”昆明求学，彩云之南是一个美丽而神奇的地方，得天独厚的自然风景，混居形形色色的能人异士，相互影响并迸发着启蒙思想的火花。我学习的地方秉承西南联大的文化脉络，是昆明的文化中心地。在浓郁的文化传统中，有幸见到了诗人于坚、雷平阳、李森、洪海波等，感受到了诗人慰藉内在生命扩张的独有气质，以及用灵性的语言走向生活。我把诗歌放在了心间，温润被生活影响的焦虑。在大理、丽江，我看到了如此多才华横溢的前辈们，诗歌、音乐、绘画、摄影、装置、造型等都卓有建树，我油然起敬，钦佩不已，并逐渐意识到，人活着，总要有属于自己值得纪念的物象，不要把自己搁置在时光的边界处，也不能在时光的边缘中遗弃自己。

四

近年，一直辗转奔波，为生活所累。换过一些工作，不管如何的艰苦困难，从未放弃过对生活的坚持，母亲告诉我“生活是苦难的，只能自己去体会”，感悟越来越深，恰恰在生活的不易中，我们拥有的美好才弥足珍贵。再有，诗歌抚慰着内心的窘困、黯淡，让心的热度持久。我并不想着如何去还原现存世界，恰恰在汽化的文字行间寻找一个没有现实归宿的形象。

有朋友对我提出了批评意见，太天马行空。我笑说，我的生活就是这样，我表达即我所想。可能是我没有按照套路或“价值体系”来写，也许是我的内容让人嗤之以鼻，不管种种，确实我一首诗歌也没有发表过，因为我知道，我发表不出去，即使发表了也刊登不出来，所以我是个不成功的诗歌偏爱者，但我始终坚持去写，把自己好好安放。我坚信自己写的诗歌是有价值的，哪怕是落在沉寂中，淹没在世界的喧闹之中。我带着痛感和体温去书写，记录个人现实生活的境况和感想，关照本心，虽有很多解释我不能抵达。

五

有人对我说，现代诗歌人人都可以写。诚然，从后现代主义艺术来看，运用变形、夸张、怪诞、张力手法，确实从形式上可以实现，诗歌是每个人都可以写，只要会写字都可以，写一个字也是诗歌，比如“啊”“唉”“漂亮”，抒情而已。但诗人要有敏感的心，儿女情，英雄义，这又是多么不容易。

儿时离开了故乡，从此我把故乡的模样镌刻在脑海，后天的生活环境不断变化，新鲜事物纷呈而来，而我的记忆永远定格在成长的片段中。时过境迁，故乡随着改革开放的春风化雨，旧貌更换新颜，我却很失落，再也不能“到家”。物，终究成为我深深怀念的东西。

感谢上苍，将诗歌恩赐于我，让我寻找到一种方式，一种合适自己的方式，并构建出独立的自我思想，一直按照自己的理解方式去坚持做。几经辗转，一直颠沛、窘困、卑微，内心却一直拥有中正、高贵、高尚、广阔以及尊严，借助诗歌，在青春逃亡的路上，我一次次在现实生活中挣扎着呼吸，在这片纯净的土地上，用自己纯真的情感，努力地开出一朵花的样子。

六

三十而立，一切恰好开始。有感事物周而复始的重复与变化，曾经和现在，诸多物象已沧海桑田，也有一些物象还是最初的模样。几经波折，在2016年底工作刚稳定，在整理文档资料时，发现自己存有一些诗歌原稿，为了送给自己一份礼物，便以“落物”命名而结集出版。

在诗稿付梓之际，感谢恩师管郁达，多年来对我耳提面命的谆谆教诲，并对我诗歌创造的鼓励和肯定。感谢父母家人，让我学会坚忍不拔的生活态度，诚于勤劳勇敢的品质。感谢诗人崔亚楠、洪海波、李勇三位老师对我的照拂和勉励，感谢好友艺术策展人朱墨兄的鼎力支持。感谢编辑杨海涛和设计师谭惠方在工作中的辛勤的付出。感谢你们的热忱之情，笃定所作所为都是有意义的。

我信仰的宗教是诗歌，是艺术，可能唯有在这个乌托邦的世界里，在这里修行，把自己安放。

2018年2月12日·嘉祥